INVENTAIRE
Y2 43.347
AF461667
Bibliothèque de l'Enfance
Sous la Direction de Mme PAPE-CARPANTIER
TOUCHE-À-TOUT.
L'INDISCRÈTE
LA MENTEUSE
LES GOURMANDS
A

BIBLIOTHÈQUE DE L'ENFANCE

PUBLIÉE SOUS LA DIRECTION

DE Mme PAPE CARPANTIER

TOUCHE-A-TOUT

L'INDISCRÈTE

LA MENTEUSE

LES GOURMANDS

Par Madame J. P.

TEXTE ILLUSTRÉ

DE

JOLIES VIGNETTES COLORIÉES

ÉPINAL,

IMPRIMERIE ET LITHOGRAPHIE DE PELLERIN ET Cie.

HISTOIRE DE TOUCHE-A-TOUT

ONSIEUR et Madame Remi avaient un fils âgé de sept ans. Charles était son nom. Il avait un défaut insupportable qui l'avait fait surnommer *Touche-à-tout*.

On n'osait rien laisser sur les meubles, on ne mettait rien à portée de ses mains, on le laissait seul le moins possible, et pourtant, il trouvait moyen de faire mille sottises.

Je ne parlerai donc que des principaux événements de son enfance; dire tout serait trop long.

Un beau dimanche de printemps, on fit la toilette de Touche-à-tout pour le conduire à la promenade. Sa mère lui recommanda d'être sage pendant qu'elle s'habillerait; mais quand elle fut prête, il lui fallut changer tous les vêtements de M. Touche-à-tout qui avait mis du cirage à ses bas, à son pantalon blanc, et qui avait renversé un encrier sur sa chemise et son gilet.

M. Remi était mécanicien; il faisait surtout des instruments pour la physique et la chimie, et il avait un cabinet où il était défendu d'entrer. Cependant, un jour Touche-à-tout y pénétra, et vit sur une table une petite mécanique produisant un

Il lui fallut changer tous les vêtements de M. Touche-à-tout qui avait mis du cirage à ses bas et à son pantalon blanc.

léger bruissement. Il y avait des fils de fer plongés dans une espèce de pot en terre. Or c'était une machine électrique que M. Remi avait préparée pour l'essayer. Touche-à-tout s'en approche, l'examine, puis voyant deux poignées en cuivre, il en prend une et ne sentant rien il se hasarde à prendre les deux; mais alors il est saisi d'un tremblement dans les bras, plus il serre, plus ce tremblement devient fort et il ne peut même plus lâcher ces dangereuses poignées. Effrayé, il crie, il appelle au secours. Le père arrive aussitôt, arrête le mécanisme, et l'enfant peut se détacher de ces morceaux de cuivre qui lui ont causé une si vive agitation.

— Je suis heureux de cet évènement, lui dit son père; j'espère que tu n'entreras plus ici. Aujourd'hui, tu en es quitte pour la peur, une autre fois, tu pourrais te blesser, te tuer même.

Touche-à-tout promit de n'y plus retourner; mais quelques jours plus tard, trouvant sur la cheminée une petite fiole renfermant de l'eau en argent, comme il l'appelait, il s'empressa de la déboucher et de faire couler dans sa main ce singulier liquide; mais entendant du bruit, il voulut se dépêcher de le remettre dans la fiole et il en fit tomber la plus grande partie. C'était son père qui arrivait.

« Monsieur, dit-il, je venais vous prendre pour vous conduire au Jardin des Plantes voir des animaux très-rares qui viennent d'arriver. J'irai sans vous, ramassez ce que vous avez fait tomber, et qu'il n'en soit pas perdu une parcelle. »

Touche-à-tout, agenouillé à terre, essaya de ramasser ces gouttes brillantes qui roulaient comme des perles, mais il était impossible de les saisir; elles se déformaient et glissaient entre ses doigts comme de l'eau. Depuis près d'une heure, il se désespérait à les poursuivre lorsque sa bonne mère vint à son secours.

« C'est du mercure, lui dit-elle, prends cette plume, balaie doucement et fais glisser le tout sur cette carte. »

Aussitôt, les gouttes se rencontrant se réunirent et ne formèrent plus qu'un seul morceau qui fut réintégré dans la fiole.

Touche-à-tout remercia tendrement sa mère et promit de ne plus recommencer; mais, hélas! dès le lendemain, il jouait avec la bougie allumée et mettait le feu à ses cheveux, il eût le front brûlé, et on crut même qu'il serait aveugle, car les yeux avaient été atteints.

Quand il fut guéri, il craignait le feu; mais il jouait avec l'eau et un jour, n'ayant pu refermer le robinet de la fontaine, la cuisine fut bientôt changée en lac. Alors, le petit garçon appela à l'aide; mais sa mère, très-fâchée, lui donna une éponge et lui ordonna de ramasser l'eau jusqu'à la dernière goutte; il y passa tout le temps de sa récréation.

Un jour, Madame Remi était allée avec son fils chez le teinturier. Pendant qu'elle parlait à la teinturière, Touche-à-tout se glissa dans la cour où se trouvaient plusieurs grands

On s'empressa de le retirer, mais il était parfaitement jaune, et tous les ouvriers le surnommèrent M. Jaunet.

baquets. Il se pencha au-dessus de l'un d'eux, et se mit à jouer avec une belle teinture jaune qui y était contenue. Ses pieds venant à glisser, il tomba la tête la première et prit un bain complet. On s'empressa de le retirer, mais il était parfaitement jaune, et tous les ouvriers le surnommèrent Monsieur Jaunet.

Un matin, Touche-à-tout vit une boîte d'une forme singulière placée sur une planche élevée, Aussitôt il pose un tabouret sur une chaise et monte sur ce frêle échafaudage pour y atteindre; mais tout chavire, il tombe à la renverse et se casse la jambe. Le chirurgien fut appelé, il remit la jambe, mais l'enfant souffrit cruellement, et malgré tous les soins il resta boiteux.

Une autre fois, étant chez le boucher avec sa mère, il prit le grand couteau pendant qu'on pesait la viande, et voulant imiter le boucher, il frappa sur un os; mais le couteau glissa, lui abattit le doigt, il resta estropié. On espérait que tout cela le corrigerait enfin; point du tout. Un jour, il vit une bouteille sur une table et voulut savoir ce qu'elle contenait, mais il renversa la bouteille et le contenu coula sur lui. Il poussa des cris de douleur, cela le brûlait horriblement. Ses vêtements s'en allaient en lambeaux, et même dans l'eau, les douleurs étaient aussi cruelles. Ce liquide, c'était du vitriol, de l'acide sulfurique, que notre imprudent avait renversé sur lui. Il eut à la main une large brûlure qui fut longtemps à guérir, et comme alors, la blessure qu'il s'était faite chez le boucher n'était pas guérie, il eut les deux mains emmaillottées. Il fut bien forcé alors d'être raisonnable. Il perdit enfin la déplorable habitude de toucher à tout, mais, hélas! il avait la vue affaiblie par suite de sa brûlure au front, il était boiteux et avait les deux mains endommagées.

Enfants, n'attendez pas que d'aussi grands malheurs vous corrigent, et ne touchez qu'à ce que vos parents vous permettent de toucher.

L'INDISCRÈTE

ADAME Picard, couturière, avait deux enfants: Anatole, charmant espiègle de onze ans et Georgette jolie petite fille de neuf ans. Georgette eût été très-aimable, si un affreux défaut n'eût déparé ses qualités, elle était d'une indiscrétion insupportable.

Toujours aux aguets, elle examinait tout; écoutait tout et racontait tout, le plus souvent très-mal parcequ'elle ne pouvait pas toujours bien entendre. Elle causa bien des brouilles, bien des querelles, par ses rapports; il lui arriva bien des mésaventures, mais rien ne pouvait la corriger.

— C'est plus fort qu'elle, disait son frère, d'ailleurs *Georgette* rime avec *indiscrète*.

Et on aurait cru vraiment que c'était une manie; car elle s'arrêtait à écouter, même dans la rue, des étrangers qui ne pouvaient l'intéresser en rien.

Un dimanche, Madame Picard mena ses enfants aux Champs-Elysées; ils marchaient près de leur mère et Anatole questionnait, demandant des explications sur tout car il était fort curieux et désirait s'instruire.

Georgette l'indiscrète, écoutant peu sa mère, mais en revanche, gobant tout ce qui se disait autour d'elle; et marchant le plus souvent la tête retournée, elle butait dans les gens, ce qui lui attirait des paroles fort désobligeantes, ou se frappait contre les arbres.

Deux sociétés d'amis se rencontrèrent et l'on s'arrêta pour se faire les compliments d'usage. Georgette s'arrêta aussi et écouta ce qui se disait, oubliant complètement que sa mère s'éloignait. Les amis se séparèrent et notre indiscrète se trouvant seule, chercha sa maman qu'elle ne voyait plus, alors elle se mit à pleurer.

Un sergent de ville l'accosta et la consola en lui promettant de la reconduire chez elle. Lorsqu'elle y arriva, sa mère n'était pas rentrée, la porte était fermée à clé, Georgette dut attendre chez sa portière où elle s'ennuya à mourir, car la concierge n'avait nulle envie de lui tenir conversation.

Voici maintenant ce qui était arrivé à Madame Picard, elle avait cherché et appelé sa fille, puis ne la retrouvant point, elle s'était décidée à revenir chez elle. En route elle avait rencontré le sergent de ville qui avait reconduit Georgette, et elle lui avait demandé des renseignements sur son enfant perdue. Elle avait appris que la portière avait recueilli la petite fille et promis de la garder jusqu'au retour de sa mère.

Alors, Madame Picard, délivrée d'inquiétude, voulut donner une leçon à sa fille. Elle ne revint pas à la

Tout-à-coup la porte s'ouvrit, et perdant l'équilibre, notre indiscrète tomba sur le nez.

maison, et conduisit Anatole dîner chez une amie; ils ne rentrèrent qu'à neuf heures du soir. Georgette était immobile sur une chaise. Elle avait dîné avec la panade et le mou aux oignons de la portière, deux choses qu'elle ne pouvait souffrir.

— Je souhaite que cela te corrige, lui dit sévèrement sa mère.

Un jour, une dame vint commander une robe à Madame Picard.

Je désire être seule avec vous, dit elle, j'ai quelque chose à vous dire.

Georgette sortit, mais tourmentée de l'envie de connaître un secret qu'on lui cachait, elle resta appuyée fortement sur la porte; elle prêta une oreille attentive. Tout-à-coup, la porte s'ouvrit, et notre indiscrète perdant l'équilibre, tomba sur le nez.

Non-seulement, elle eut la honte

de faire connaître sa faute, mais encore, elle eut le front marqué d'une grosse bosse qui lui attira longtemps les railleries de tout le monde.

Quelques jours plus tard, une dame vint essayer un vêtement; avant de passer dans la chambre à coucher, elle déposa sur la table du salon un panier fermé avec soin. Notre curieuse s'en approche aussitôt, elle soulève doucement le couvercle; mais ô douleur! il en sortit un charmant petit chardonneret qui voltigea autour de la chambre et s'enfuit par la fenêtre ouverte. Je vous laisse à penser si la dame fut contente et si la maman fut malheureuse de l'indiscrétion de sa fille!

Toutes ces mésaventures ne produisaient pourtant que peu d'effet

Il en sortit un charmant petit chardonneret qui voltigea autour de la chambre et s'enfuit par la fenêtre ouverte.

sur Georgette, qui, de plus en plus, se laissait aller à son vilain penchant, ce qui désolait de plus en plus la pauvre mère.

— Quand on te connaîtra, disait-elle à sa fille, tout le monde te fuira, car tu deviendras en grandissant l'être le plus dangereux qui soit au monde.

Tout cela était égal à la petite incorrigible.

Cependant, un jour, Anatole était avec quelques camarades, dans sa chambre, lorsqu'il lui sembla entendre un léger frôlement de robe tout près de la porte, il l'ouvrit et vit fuir sa sœur. Aussitôt, il lui vint à l'idée de de la corriger pour tout de bon. Il avait de l'encre très-noire et grasse appelée encre lithographique, il écrivit à rebours en belle ronde, au dessus de la serrure : *Indiscrète.*

Puis il ôta la clé et rentra avec ses amis sans leur rien dire de ce qu'il venait de faire.

Georgette ne tarda pas à revenir, et chercha à voir par le trou de la serrure ce qui se faisait chez son frère. Pour cela, elle appuya son œil au trou de la serrure et son front se trouva appuyé sur le mot qui était écrit au dessus, et qui s'y trouva aussitôt imprimé. Sa mère, l'appelant en ce moment pour aller faire une commission, Georgette se dépêcha de descendre et ne s'aperçut de rien.

Dans la rue elle suivit deux femmes qui causaient ensemble, et selon son habitude, chercha à entendre ce qu'elles disaient. L'une d'elle, se retournant, et lisant le mot imprimé sur le front de la petite fille dit tout haut : *Indiscrète!* L'enfant rougit et doubla le pas; mais plus loin, elle s'arrêta à regarder des écoliers qui jouaient, et l'un d'eux cria : *Indiscrète!* les autres enfants répétèrent ce cri, et entourant la pauvre Georgette, lui chantèrent aux oreilles : *Indiscrète! indiscrète!*

Elle leur échappa et arriva chez la fruitière où il y avait beaucoup de monde. Une femme la regardant, dit aussitôt : *indiscrète!* et le mot se répéta tout bas; une autre ajouta : — « C'est un vilain défaut, ma fille, il faut vous en corriger. »

En revenant, la fâcheuse épithète lui fut répétée sur tous les tons; aussi Georgette, le cœur gonflé de repentir, se jeta-t-elle dans les bras de sa mère, en disant : — « Je veux me corriger, chère Maman, tout le monde connaît mon affreux défaut, je veux me corriger. »

Madame Picard vit elle-même le fatal écriteau, mais elle profita du bon effet qu'il avait produit, et elle l'effaça sans rien dire.

Georgette était si honteuse qu'elle n'osa plus de longtemps se présenter nulle part. Elle est maintenant tout-à-fait corrigée, et on l'aime et on la recherche autant qu'autrefois elle était fuie et redoutée.

LA MENTEUSE

LINE Darbel était charmante, tout le monde la chérissait, car on ignorait que sous ces dehors aimables se cachait un affreux défaut.

Aline était menteuse. Elle racontait avec beaucoup d'esprit et inventait des contes très-amusants. Les flatteries qu'on lui prodiguait enflammèrent sa jeune imagination, et elle se plut si bien dans ces fictions qu'elle en vint à croire que ses histoires étaient réelles; elle arriva progressivement à affirmer avec assurance des choses fausses, et finit par mentir effrontément, d'abord pour s'amuser puis pour s'excuser.

Personne, malheureusement, ne s'aperçut de ce détestable penchant, qui causa bien des malheurs comme vous allez voir.

Madame Darbel avait une jeune domestique dont elle était fort contente. Adèle avait seize ans, elle était attentive et soigneuse, et ses gages aidaient sa pauvre mère à vivre. Cette femme était infirme et ne pouvait guère travailler, c'était donc la fille qui fournissait aux plus pressants besoins.

Adèle était aimée et estimée de ses maîtres; mais peu à peu sa conduite sembla moins bonne et on eut de très-graves reproches à lui adresser.

Cependant la jeune servante était toujours la même et avait seulement les apparences contre elle; mais qui jamais eut pu avoir la pensée d'accuser Mademoiselle Aline; cependant, elle seule était coupable.

Monsieur Darbel avait un jardin qu'il cultivait avec soin et qui lui donnait en échange des fleurs et des fruits magnifiques auxquels il tenait beaucoup. Or, il arriva plusieurs fois que des fleurs rares furent écrasées ou brisées, l'étourdie Aline était coupable de ces méfaits; mais devant le mécontentement de son père, elle n'eut pas le courage d'avouer sa faute et laissa accuser l'innocente Adèle, qui d'abord fut grondée doucement de la faute et surtout de sa persistance à la nier.

Un jour, des poires très-belles disparurent et naturellement on accusa Adèle, qui ne sut que répondre en pleurant : Ce n'est pas moi; malgré cela elle fut sévèrement réprimandée et Aline ne dit mot, quoi qu'elle connut bien la main qui les avait cueillies.

Un jour, Aline entra dans le cabinet de son père et cela lui était défendu; en tirant un tiroir elle le fit tomber avec toutes les pièces de monnaie qu'il contenait; elle les ramassa à la hâte et se sauva. Au déjeûner, M. Darbel dit à sa femme qu'il lui manquait une pièce d'or, et qu'Adèle étant la seule personne qui entrât dans son cabinet elle devait l'avoir dérobée.

A peine fut-elle partie, qu'Aline sortit de l'écrin tous les bijoux qu'elle essaya les uns après les autres.

— Elle aura été tentée, dit-il, c'est ma faute, je n'aurais pas dû laisser mon tiroir ouvert, aussi ne lui dirai-je rien, mais désormais il faudra la surveiller et à la première faute grave la renvoyer. Elle est dissimulée et n'avouera rien; aussi est-il inutile de l'interroger, seulement on la surveillera.

Aline ne dit pas que c'était elle qui avait touché à ce tiroir.

Quelques jours plus tard, Madame Darbel sortit son écrin pour le donner au bijoutier, qui devait changer la monture des pierreries; elle le laissa sur sa toilette pendant qu'elle allait recevoir une visite au salon. A peine fut-elle partie, qu'Aline sortit de l'écrin tous les bijoux qu'elle essaya les uns après les autres.

Lorsque le bijoutier vint, Madame

Darbel chercha vainement une petite croix en diamant.

— Chère maman, dit Aline, il n'y a qu'Adèle qui soit entrée dans la chambre.

— N'y es-tu pas entrée aussi, ma fille, n'as-tu pas touché à cet écrin.

— Oh! non maman, répondit-elle sans rougir.

— On fit venir la jeune servante qui jura qu'elle n'était pas entrée dans la chambre, mais on ne croyait plus en elle, et Madame Darbel irritée lui dit :

— Vous êtes une petite misérable, vous avez déjà dérobé une pièce d'or à Monsieur, je ne veux pas vous faire mettre en prison, mais je vous chasse.

— Chère dame! dit la pauvre fille, je suis innocente, ne me chassez pas, que deviendra ma pauvre mère.

Vous êtes une petite misérable, vous avez déjà dérobé une pièce d'or à Monsieur, je ne veux pas vous faire mettre en prison, mais je vous chasse.

— Je la plains, certes, d'avoir une aussi mauvaise fille; mais je ne vous garderai pas une heure ici, je ne puis me fier à une menteuse, j'aurais pu avoir pitié de vous si vous aviez avoué la vérité; mais depuis longtemps vous êtes habituée au mensonge, sortez et que je ne vous revoie jamais.

Ceci ne fut pas une leçon pour Aline, elle ne se croyait nullement coupable.

On reprit une servante plus âgée, c'était une rusée commère, habituée au vice depuis son enfance.

On s'aperçut que le sucre et les confitures diminuaient considérablement, elle s'excusa en disant que Mademoiselle en prenait très-fréquemment. C'était faux et Aline fut tellement abasourdie de cette accusation qu'elle rougit en se défendant et le doute entra dans l'esprit de la mère.

Une autre fois ce furent les fruits du jardin qu'on avait cueillis.

Fanchette affirma que Mademoiselle rôdait souvent près des espaliers. Aline se défendit cette fois plus énergiquement, mais le doute était resté dans l'esprit de la maman qui ne savait plus de quel côté était la menteuse.

L'effronterie de la domestique devint telle qu'on s'aperçut de ses méfaits et qu'elle fut chassée.

Aline recouvra donc la confiance de ses parents, mais elle avait senti dans son cœur le mal que cause une injuste accusation et elle commençait à mépriser le mensonge. Dieu fit découvrir des choses qui la guérirent tout-à-fait.

En faisant un rangement, on trouva

sous un pied du bureau de M. Darbel, la pièce d'or si vainement cherchée et quelques jours plus tard, au fond d'un tiroir de la tablette, la petite croix de diamant.

Madame Darbel était juste et elle fut vivement peinée du préjudice causé à l'innocente Adèle.

— Il n'y a pas de honte à avouer ses torts, dit-elle à sa fille, viens avec moi, allons lui demander excuse et reprenons-là chez nous.

Ces dames montèrent donc à la mansarde habitée par les malheureuses femmes. Elles furent effrayées du spectacle qui s'offrit à leurs yeux.

Couchée sur un grabat, la pauvre mère était près d'expirer, et sa fille, pâle, amaigrie, cherchait à réchauffer les mains glacées de la malade;

les malheureuses allaient mourir de faim.

Grâce aux bons soins de Madame Darbel, elles furent sauvées et Adèle rentra dans sa place avec des gages assez forts pour permettre à la pauvre infirme de vivre sans travailler.

Aline avait été vivement impressionnée, elle jura de ne plus se permettre même, le plus petit mensonge. Elle eut raison, car le plus innocent en apparence peut avoir des conséquences très graves, et d'ailleurs le mensonge avilit celui qui s'estime assez peu pour le commettre.

LES GOURMANDS

ONSIEUR et Madame Régnier tenaient un hôtel à Paris; ils y avaient joint une table d'hôte fréquentée par quelques pensionnaires.

La table était donc toujours bien servie et c'est cette recherche qui développa chez leurs deux enfants le péché de gourmandise. Grégoire, gros joufflu de six ans aimait surtout le solide et mangeait beaucoup.

Georgette, petite fillette de sept ans aimait les morceaux délicats, les sucreries. Mais tous deux ne pensaient à autre chose qu'à manger, c'était leur plus grand bonheur.

Heureusement pour Mme Régnier, elle avait une troisième enfant, la petite Lilie âgée de cinq ans qui était aussi sobre et aussi généreuse que les autres étaient goulus et égoïstes.

Un jour, la marraine de Georgette vint la voir. La bonne dame avait pour habitude d'apporter toujours quelque friandise et aussitôt son arrivée, mes deux gourmands allèrent à elle en examinant son sac.

— Je n'ai rien apporté aujourd'hui, mes petits, leur dit-elle; mais voici à chacun une jolie pièce de cinquante centimes, vous achèterez ce que vous voudrez.

Grégoire et Georgette remercièrent à peine tant ils avaient hâte d'aller dépenser leur argent, et ils entraînèrent la petite Lilie.

Grégoire, qui marchait le plus vite arriva chez le pâtissier et acheta cinq gâteaux, non des plus délicats, mais des plus gros, et garda tout pour lui.

Georgette les entraîna chez l'épicier et prit pour cinquante centimes de pâte de guimauve; elle ne pensa pas à en offrir aux autres.

Lilie garda son argent.

En retournant à la maison, nos deux gourmands mangèrent et Lilie songeait à l'emploi de sa pièce. Près de la porte se trouvait une pauvre femme tenant dans ses bras un petit garçon pâle et demi-nu. Elle paraissait si misérable que les enfants s'arrêtèrent lorsqu'elle dit :

« Faites-moi la charité, s'il vous plaît. »

Georgette rougit, elle n'osait pas offrir du bonbon à une créature mourant de faim. Grégoire donna le morceau de gâteau qui lui restait et la petite Lilie fut toute heureuse de faire glisser sa pièce dans la main de la pauvre femme.

— Dieu vous le rende, dit celle-ci.

Quand les enfants rentrèrent, on se mettait à table. Le dîner était excellent, aussi Grégoire était-il désolé de s'être empli l'estomac de mauvais gâteaux; Georgette ne put goûter à rien, elle avait mal au cœur d'avoir avalé ce gros morceau de pâte de guimauve.

Les Gourmands. P. 36.

Elle paraissait si misérable que les enfants s'arrêtèrent lorsqu'elle dit :

« Faites-moi la charité, s'il vous plait. »

Quant à Lilie, elle mangea de bon appétit, car elle avait l'estomac vide et le cœur content

Cependant le goulu et la friande firent effort pour manger ce qui leur faisait envie; mais une heure après, ils étaient si malades qu'il fallut les coucher et leur faire prendre du thé.

La marraine qui sut par la domestique ce que Lilie avait fait de sa pièce, l'emmena voir le beau théâtre des marionnettes italiennes où elle s'amusa beaucoup pendant que les gourmands souffraient dans leur lit.

Un jour autre la cuisinière vint trouver Monsieur Régnier.

— Monsieur, dit-elle, il y a quelqu'un qui entre dans l'office; on met les doigts dans mes crèmes, on mange les cerises de mes tartes et on me vole mes plus beaux fruits.

— Soupçonnez-vous quelqu'un ?

— Non Monsieur, j'ai beau guetter je ne puis prendre les coupables; mais j'ai un moyen de les connaître bientôt.

— Votre moyen est-il dangereux?

— Non Monsieur.

— Et bien! je vous autorise à vous en servir.

Marianne saupoudra de jalep quelques friandises appétissantes. Deux heures après Georgette et Grégoire furent pris de violentes coliques.

— « Monsieur, dit Marianne triomphante, pour moi, il n'y a plus de doute, voilà mes deux voleurs. »

— Comment, dit Monsieur Régnier, est-il bien possible que la gourmandise vous mène déjà à cette mauvaise action ?

Oh! combien j'ai de chagrin et de

honte en même temps d'être votre père!

Les enfants se voyant découverts avouèrent leur faute et promirent de ne plus recommencer; mais la crainte, je crois, plus que tout le reste, les empêcha d'y retourner; car Marianne leur avait dit que tout ce qu'elle serrait dans l'office avait la propriété de donner la désagréable maladie qui les avait atteints. Ce qui me le fait croire, c'est que quelques jours après, Grégoire trouvant dans le cabinet de sa mère une bouteille sur laquelle était écrit : sirop, déboucha le flacon et but à la régalade, c'était bien un peu amer, mais sucré en même temps, et il en avala plus d'une gorgée.

Quelques heures plus tard, il fut pris d'un grand malaise et enfin de vomissements.

On crut à un empoisonnement et Madame Régnier, fort inquiète questionna son petit garçon :

— Qu'as-tu bu, lui dit-elle, qu'as-tu mangé?

— J'ai bu seulement du sirop.

— Où l'as-tu pris?

— Dans ton cabinet.

— Ah! nous en sommes quittes pour la peur, dit la mère, c'est du sirop d'Ipécacuana.

Cependant Grégoire fut assez malade pour garder le lit toute la journée et eut une telle peur qu'il se promit bien de ne toucher à rien sans le demander.

Le premier janvier, le jour des étrennes arriva.

On voyait beaucoup de monde chez Madame Régnier et ses enfants re-

Ah! nous en sommes quittes pour la peur, dit la mère, c'est du sirop d'Ipécacuana.

çurent une quantité de jouets et de bonbons.

Le lendemain au soir, la sœur de Madame Régnier vint avec ses deux filles, mais la seule Lilie put offrir des bonbons à ses cousines, les deux autres avaient tout mangé.

Valérie, l'aînée de ces jeunes filles raconta qu'elle organisait une loterie au profit d'une pauvre famille et offrit des billets qui furent pris à l'instant, car les trois enfants avaient encore leur petite bourse garnie.

— Mais, dit Lilie, je puis faire plus encore, Monsieur Benoit m'a donné une superbe boîte, je n'y ai pas touché. Prends-la, chère cousine, ce sera un lot de plus.

Georgette rougit de n'avoir rien à donner; car elle avait tout gaspillé et tout dévoré. Aussi dans la nuit, elle et son frère furent-ils encore malades.

Quand les enfants revinrent à la santé, ils étaient enfin dégoûtés des sucreries, et promettaient d'être corrigés; mais on les surveille toujours car on craint les rechutes; leur estomac fatigué ne peut plus supporter aucun excès.

Lilie se porte très-bien et n'est dégoûtée de rien, car elle n'a abusé de rien.

La gourmandise est un vice qui met l'homme au-dessous des bêtes, et s'il est raisonnable de manger pour vivre, il est honteux de vivre pour manger.

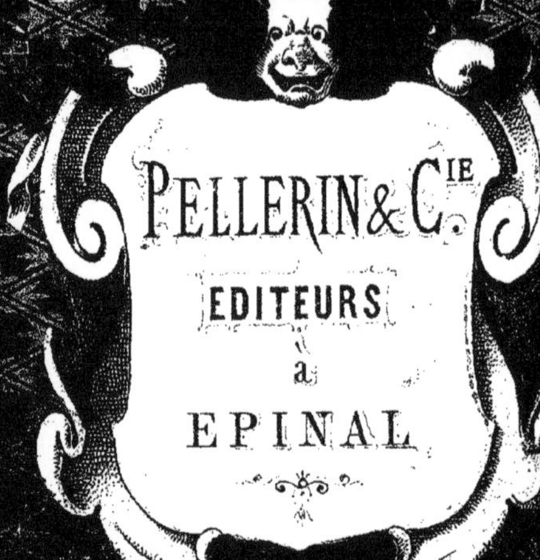
PELLERIN & Cie
EDITEURS
à
EPINAL

www.ingramcontent.com/pod-product-compliance
Ingram Content Group UK Ltd.
Pitfield, Milton Keynes, MK11 3LW, UK
UKHW021004180726
13838UKWH00003B/1448